털어봐,

아프지 않은 사람 있나

유지나 지음

아침좋은글

차례

2부 _
그대에게 보내는 편지

3부 _ 기적을 부르는 생각 씨앗

4부 _
풍요를 가져다 주는 성공열쇠

5부 _
근심을 행복으로 바꿔주는 좋은글

6부 _ 글에 담긴 지혜

7부 _
인생길에 함께 할 주옥같은 이야기

작가 서문

인생을 살다보면

예상치 못한 수 많은 일들을
경험하게 되고

그 안에서
좋은 방법을 찾아내 좀더 발전하고

뜻 밖의 변수들을 겪어내며

그 틀에서
새로운 해결책을 발견해 성장하게 됩니다

우리는
하루하루
인생 공부를 하며 살아가고 있지요

누구나
처음사는 인생이라

많이 서툴고
조금씩 부족하고 때론 어렵습니다

그래서
한번씩 넘어져 다치기도 하고

가끔씩 쓰러져 주저앉기도 합니다

인생이란게
생각하는 대로 잘 되주면 좋은데

반대로 흘러갈 때가 많고

마음먹은 대로 잘 풀리면 기쁜데
빗나갈 때가 많습니다

인생을 사는 모든 사람들은

한번쯤 어려움에 직면하고
시련을 겪으며 살아가고 있습니다

그럴때 마다
중심을 잃지 않고

흔들림 없이 살아가는게 중요합니다

나만 겪는 시련 같지만
다른 누군가도 겪는 일이고

나만 당하는 힘든일 같지만
다른 누군가도 당하는 일입니다

"털어보면 아프지 않은 사람없고
꾹 짜보면 슬프지 않은 사람없습니다"

"찾아보면 힘들지 않은 사람없고
물어보면 사연없는 사람없습니다"

"살펴보면 고민없는 사람없고
가까이 다가가 보면 삶에 무게 없는 사람은 없습니다"

그러니
피해의식에 사로잡혀

소중한 인생을
불행하게 살 필요없고

패배의식에 휩싸여

귀중한 인생을
비관적으로 살 필요 없습니다

우리는 힘든 과정들을 통해

더 나은 나로 발전하고
더 좋은 나로 성장해 가면 됩니다

어떤
시련과 역경이 찾아와도
지혜롭게 잘 대처하는 법을 배우고

힘든
고난과 환난이 밀려와도
현명하게 잘 극복하는 지혜를 터득해

행복한 인생을 살아가시기를 응원합니다

이 책을 읽는 모든 독자분들게

작은 용기의 씨앗을 심어주어
큰 나무로 성장할수 있기를 바라고

밝은 희망의 등불을 밝혀주어
멋진 인생을 살아갈수 있기를 소망합니다

항상 당신의 삶을 응원하고
언제나 당신의 인생을 축복합니다

1부

힘들때
보면
좋은글

마음의 눈

창밖을
바라보는 건

당신의 눈이지만

눈을 통해
보고 있는 세상은

당신의 마음입니다

당신의 마음이
즐겁고 행복하면

세상이 아름답고
평온해 보이고

당신의 마음이
힘들고 불행하면

세상이 차갑고
소란스레 보여집니다

세상은
늘 고요하고 아름답습니다.

날

빛나지 않은 날은 없다

내 기분에 따라
어두운 날이 있을 뿐이다

소중하지 않은 날은 없다

소중함을 잊은 채
헛되이 보낸 시간이 있을 뿐이다

좋지 않은 날은 없다

내 감정을
조율하지 못한 날이 있을 뿐이다

고맙지 않은 날은 없다

내 욕심을
버리지 못한 날이 있을 뿐이다

행복하지 않은 날은 없다

다만
내 마음이

불행을 선택한 날이 있을 뿐이다

마음

가장
위험한 것도
당신의 마음이고

가장
안전한 것도
당신의 마음입니다

마음이
두려움과 불안함으로 가득하면

그 일을 만들어 내고 있는 것이고

마음이
감사와 즐거움으로 가득하면

그 일을 끌어오고 있기 때문입니다

마음이 근심과 걱정으로 가득하면
어딜 가나 지옥이 되는 것이고

마음이
기쁨과 행복으로 가득하면

어딜 가나 천국이 되는 것입니다

꽃 보다 예쁜

사람이
꽃보다 예뻐 보일 때가 있습니다

눈빛이 곱고
마음이 예쁠 때

나는 그에게서 꽃을 봅니다

생각이 착하고
영혼이 맑을 때

나는 그에게서 꽃을 발견합니다

하는 말이 따뜻하고
하는 행동이 선할 때

나는 그에게서
고운 꽃향기를 맡습니다

그런 사람을 만나면
마음이 따뜻해지고 생각이 순해집니다

사람이
꽃 보다 예쁘다는 걸
그를 바라보며 느낍니다

감정

세상을 바라보고
받아들이는 시각은

자신의 감정이 좌우합니다

기분이 좋은 날은
모든것이 아름답고

기분이 나쁜 날은
모든 것이 귀찮고 싫어집니다

즐거운 날은
콧노래가 절로 나오고

우울한 날이
짜증이 쏟아져 나옵니다

내가 웃는 날은
세상도 따라 웃고

내가 우는 날은
세상도 따라 울게 됩니다

밝은 사람에겐
세상이 밝게 비춰지고

어두운 사람에겐
세상이 어둡게 보여집니다

자신의 삶의 주인공은 자신이고
자신의 마음과 생각의 방향대로

삶은 펼쳐집니다

혜안

마음의 진실을
알고 나면

그 일이
날 괴롭히는 것이 아니라

내 생각이 날 괴롭혔고

누군가 나를
힘들게 한 것이 아니라

내 마음이
날 힘들게 했구나를 알게 됩니다

모든 건
내 생각에서 비롯되고
내 마음에서 시작됩니다

결국 날
괴롭히고 화나게 하는 것은
나지 다른 무엇이 아닙니다

그것을 알고
나를 잘 다스리면

인생이 편안하고
마음이 자유로워집니다.

꽃

마음에
가시를 키우면

상대방을
찌르기 전에

나 자신을
먼저 찌르게 됩니다

마음에
심은 가시를 뽑고

예쁜
꽃 한 송이를 키우세요

남에게
고운 향기를 전하기 전에

내가 더 향기로워지고
더 많이 행복해집니다.

바꾸기

버릇이
당신을
움직이게 하고

습관이
당신을
행동하게 하고

의식이
당신을
조정하게 됩니다

인생을 바꾸려면
잘못된 버릇은 고치고

나쁜 습관을 버리고
틀린 의식은 바로잡아야 합니다

내가 바뀌어야
인생이 바뀌는 것이다.

마음 만나기

오늘은
마음을

꼬옥
안아주세요

마음이
혼자서
많이 힘들었을 거예요

오늘은
마음을

토닥토닥
다독여주세요

마음이
그동안
많이 지쳤을 거예요

오늘은
나에게

사랑한다
말해주세요

혼자서
많이
외로웠을 거예요

오늘은
마음이
시키는 일을 하세요

마음이
그동안 서운했을 거예요

오늘
하루만이라도
마음과 만나 행복해지세요.

고요함

생각이
복잡하면
삶이 엉키고

마음이
소란하면
인생이 시끄럽다

늘 고요히 생각하고
항상 편안한 마음을 유지하라

불안해하고
긴장된 상태에서는

좋은 인생을 창조해 낼 수 없다.

틀

네모
틀에선 네모만 나오고

세모의
틀에선 세모만 나오고

동그라미
틀에선 동그라미만 나옵니다

당신
마음의 틀은
어떤 모양인가요

삶이
마음에 들지 않는다면

생각의 틀
마음의 틀을
먼저 바꿔보세요.

고요함2

아름다운
것 들은 소리가 없더라

꽃이 그렇고
나비가 그렇더라

빛나는
것 들은 고요하더라

별이 그렇고
보석이 그렇더라

신비한
것 들은 침묵하더라

우주가 그렇고
바다가 그렇더라

그 소리 없는 것들이

아무 말 없이
많은 것을 알게 해주더라

고요함 속엔
보이지 않는 찬란한 빛이 존재하더라

마음을 고요히 하라
그리고 마음의 소리를 들어라.

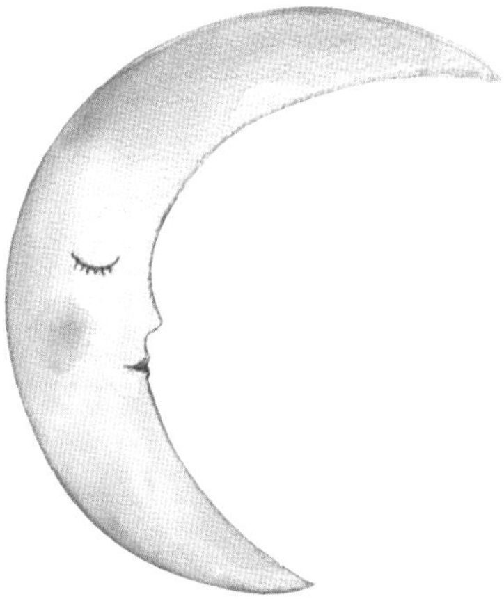

치유

화를
가라앉게 하는 말

'미안합니다'

가슴을
포근하게 하는 말

'감사합니다'

마음을
행복하게 하는 말

"사랑합니다"

이 언어는
치유의 언어입니다

아플 때나
힘들 때나
늘 되뇌이세요

마음이 평안해 지실 거예요

미안합니다
감사합니다
사랑합니다.

마음으로

외모로
그 사람을 판단하면
실수할 일이 많고

말로
그 사람을 판단하면
후회할 일이 많고

느낌으로
그 사람을 넘겨짚으면
반성할 일이 많고

행동으로
그 사람을 단정 지으면
오해할 일이 많아집니다

마음과 마음으로 바라보세요

한 사람을 제대로 알기까지는
평생이 걸려도 부족합니다.

가꾸듯

분노를
참는 것을

물을 마시듯
쉽게 하고

선을
행하는 것을

숨을 쉬듯
매일 하라

걱정을
하는 것을

바람에
날리듯 가볍게 하고

좋은 일을
하는 것을

꽃을 가꾸듯
예쁜 마음으로 하라.

내면

거울은
당신의
모습을 비춰주고

세상은
당신의
마음을 비춰줍니다

거울은
당신의 행동을
따라 하지만

세상은
당신의 마음을
따라 움직입니다

내면은
당신의 세상입니다.

평화

세상은
아무 문제가 없으나

문제를 만들고
고뇌하는 건 자신이다

세상은
원래 고요하고 평화롭다

자신의 마음을
고요하고 평화롭게 가지면

모든 것 들은 평화를 찾게 된다.

감정 조절

기분은
내가 정할 수 있다

나쁜 일이 있더라도
기분 나빠하지 않고

그냥
흘려보내면 그만이다

행복은
내가 선택할 수 있다

힘든 일이 있더라도
힘들어하지 않고

그냥
웃어넘기면 그만이다

어떤 일이 생기든
감정을 잘 다스리면 된다.

감정2

괜찮지 않은데
괜찮은 척 살아가는 게 더 아픈 거야

힘들지만
힘들지 않은 척 버티는 게 더 힘든 거야

울고 싶은데
아무렇지 않은 척 웃는 게 더 어려운 거야

이제 너에 감정을
그만 숨기고 살아가렴..

아프면 아파하고
힘들면 힘들다 말하고
눈물 나면 그냥 울어버리렴.

나

내 마음이
소란할 뿐
세상은 늘 고요하다

내 생각이
복잡할 뿐
세상은 늘 단순하다

내 판단이
힘든 것뿐
세상은 늘 평온하다

내 의식이
불행할 뿐
세상은 늘 행복하다

다스려야 할 것은 내 마음이고
바껴야 할 것은 내 의식이다.

힘 빼기

생각의
힘을 빼면

삶이 고요해지고

감정의

힘을 빼면
인생이 잔잔해지고

마음의
힘을 빼면

세상이 편안해집니다

힘들면
힘을 빼세요

그러면
모든 게 가벼워지고
순조로워집니다.

멈춰라

나쁜
생각과

나쁜
마음은

독이 된다

나에게
자꾸만 독을

뿌리는 일을 멈춰라

좋은 생각
좋은 마음으로

좋은 삶을 살아가라.

과하지 않기

고민이
있더라도

너무 많이 하지 말고

근심이 있더라도
너무 깊게 하지 말고

염려가 있더라도
너무 과하게 하지 말고

걱정이 있더라도
너무 지나치게 하지 마라

그게 다 몸을 헤치는 일이다.

바라지 않기

누군가
완벽하길 바라면

늘 부족할 거예요

누군가
잘 해주길 바라면

늘 서운할 거예요

누군가
특별하길 바라면

늘 모자란 게 많을 거예요

그러니 너무 바라지 말아요

나도 완벽할 수 없으니까요.

맑은 마음

마음이
가벼워지려면

힘들고 아팠던 일들을
모두 잊어버려야 해요

마음이
편안해지려면

화나고 불쾌한 기억을
모두 보내버려야 해요

마음이
행복해지려면

나쁘고 힘들었던 흔적을
모두 지워버려야 해요

늘 맑은 마음으로 살아가야

삶이 맑아지고
인생이 즐겁고 행복해집니다.

조화로움

자연은
그 자체로 조화롭다

때가 되면
소생하고

시간이 되면
소멸한다

생각대로
안 되는 일이 많고

마음먹은 대로
안 풀리는 일이 많아도

모든 것은
조화롭게 이루어지고 있다

완벽함을 믿고
마음 편히 살아가면 된다.

짐 내려놓기

누군가를
미워하는 건 자유지만

그 사람보다
내가 더 괴로워지는 일이고

누군가를
싫어하는 건 선택이지만

그 사람보다
내가 더 불편해지는 일이에요

누군가를
탓하고
원망하는 건 내 마음이지만

그 사람보다
내가 더 힘들어지는 일입니다

그러니
마음에 짐을
하나씩 내려놓으세요.

좋은 마음으로

당신의
말과
생각은

새로운
문을 열어주고

당신의
마음과
의식은

당신보다
한발 앞서가

인생의
길을 열어줍니다

좋은 말과
좋은 생각으로

멋진 문을 열어가고

좋은 마음과
좋은 의식으로

좋은 인생길을
만들어가세요.

집착 버리기

가장
소중한 것들엔
집착이 생겨나고

가장
절실한 것들엔
욕심이 생겨나고

가장
특별한 것들엔
탐심이 생겨나지요

그렇게
너무 집착을 하고
너무 욕심을 내고
너무 탐심을 부리게 되면

그것들이 아주
멀리까지 도망가 버리지요.

평화

욕심을 비워내고
집착도 비워내렴..

욕망을 내려놓고
번뇌도 내려놓으렴..

걱정을 보내주고
근심도 보내주렴..

그렇게 다 내보내고
텅 빈 상태가 되어보렴..

그러면
무거운 마음이
한결 편안해지고

힘든
인생이 많이 행복해질 거야.

마음 닦기

마음
길을
잘 닦아야

인생이
편안해집니다

좋은
마음으로

정성 들여
마음을 닦으면

나쁜
운명도

좋은
운명으로 바뀌게 되지요.

수면

너무 가까워서
보이지 않았던 것이

멀리서 보면 보이게 된다

별이 그렇고
사람이 그렇다

그때 알지 못 했던 것이
지나고 나면 알 수 있게 된다

어려운 문제가 그렇고
사람의 마음이 그렇다

모든 것은 때가 되면
수면 위로 떠오르게 된다

위로

누군가
힘들다고 말하면

나도 힘들어
차갑게 말하지 말고

그 사람 말을
끝까지 들어 주고

토닥 토닥 위로해 주렴..

그 사람은
지금 따뜻한 위로가 필요해

너에게 말하는 거야..

그런 사람에겐
너의 힘듦은 조금 밀어두고

기댈 곳을 살며시 내어주면 돼..

나도 가끔은
누군가에게 기대고 싶을 때가 있잖아..

자신 사랑하기

자신을
사랑하며 살아가라

사람들은
누군가를 사랑해 주지만

자신을 사랑하는 일은 서툴다

자신을 사랑해 줄 때
자부심과 자긍심이 생겨나고

자신감을 가질 수 있게 된다

그래서
어려운 일도 척척 잘 해내고

힘든 일도 거뜬히 이겨낼 수 있게 된다

당신 자신에게 줄 수 있는
가장 좋은 선물은 사랑이다.

걱정말아요

오늘도
열심을 다해 살았고

최선을 다해
살았다면 충분합니다

내일 일은
내일의 나에게 맡기세요.

내일의
나는

또 훌륭하게
잘 감당하고

보란 듯이
멋지게
잘 해낼 테니

그대여
아무 걱정 말아요.

널 응원해

마음이
힘든 날엔

하늘을
쳐다보렴

하늘도
널 바라보며

힘내라고 응원하며
씩 웃어줄 거야..

혼자라는
생각이 들 땐

밤 하늘을 바라보렴

별과 달이
너를 비춰주며

걱정하지 말라며
용기를 줄 거야..

우주는 널 늘
지켜주고 있어..

항상 힘내라고
다 잘 될 거라고

그렇게
늘 응원하고 있단다.

오늘 너보다

오늘
너보다

내일
더 빛날 너이기에

지금
조금 힘들더라도

밝게 웃으며
꿋꿋하게 이겨내기를..

오늘
너의 삶보다

내일 더 멋진 삶을
살아갈 너이기에

지금
조금 어렵더라도

기죽지 말고
어깨 쫙 펴고 살아가기를...

항상 널 응원할게.

관문

당신이
지금

죽을 만큼
힘이 든다는 건

성공을 향한
마지막 관문을

통과하고 있다는 뜻입니다

그러니
힘들다고 좌절하지 말고

어렵다고
포기하고 말고

두렵다고
뒤로 물러서지 말고

꿋꿋하게
잘 통과하세요

그 끝에
성공이 꽃 다발을 들고

당신을
기다리고 있을 거예요.

사랑과 희망

당신이
어떤

힘든
고난을 겪게 될지라도

사랑하나
가슴속에 품고 있으면

가볍게 이겨낼 수 있을 거예요

당신이
어떤 시련을 만나게 될지라도

희망하나
마음속에 간직하고 있다면

거뜬히 이겨낼 수 있을 거예요

사랑은
당신을 행복하게 할 것이고

희망은
당신을 즐겁게 할 거예요.

괜찮아

삶이
무거우면

조금
내려놓으면 어떨까..

인생이
힘들다면

조금
가벼워지면 어떨까..

안 되는
일이 많다면

조금 비워내면 어떨까..

괴로운
일이 많다면
조금 보내주면 어떨까..

그래도 괜찮아.

신의선물

잘 못한 것도
없는데

당신에게
나쁜 일이 찾아오거든

신이
좋은 선물을 주시려고
그러나 보다 생각하고

낙심하거나
힘들어하지 말고 잘 이겨내세요

착하게만 살았는데

당신에게
힘든 일이 찾아오거든

노여워거나 원망하지 말고
잘 견뎌내세요

예상치 못한
고난과 시련이 오거든

신이 멋진 축복을
내려주시려나 보다 생각하고

겸허히 잘 참아내고
어떤 선물과 축복이 올지를 기다려보세요

당신은 축복받아야 마땅하거든요

항상 행복하렴

나쁜 일은
너를 피해 갈 거니까

아무
걱정하지 마렴..

힘든 일은
너를 비켜갈거니까

아무
염려하지 마렴..

모든건
다 잘 될 테니까

항상
웃음 잃지 말고
행복하게 살아가렴..

장미꽃

가시 밭길을
계속 걷다 보면

장미꽃
만발할 날 오게 됩니다

그러니
부디 지치지 말아요

곧 예쁜
꽃 길을 걸으며

행복한 미소를 짓게 될 테니까요.

신이 돕는다

힘든데
누구 하나
당신을 돕지 않는다고

너무 암담해 하거나
좌절하지 않았으면 좋겠어..

지금 이 시간도
온 우주가 너를 돕고 있고

온 만물이 너를 보살피고 있고

모든 신이
너를 축복하고 있으니까

당신은
아무 걱정 없이
웃으며 살아가길 바래요..

꽃 한송이

꽃 한 송이
피우는데도

햇살이 품어주고
바람이 만져주고

비가 먹여주고
땅이 키워주며

온 우주가 정성을 들이는데

소중한
당신 하나
돌보고 키우는데

온 우주가 힘을 다해 돕고
모든 신이 정성과 사랑으로

당신을 보살피지 않겠는가.

애쓰지마

지금
걱정하는 것

한 달 뒤엔
사라질 거야

지금
근심하는 것

일 년 뒤엔
생각도 안 날 거야

지금
힘들어하는 것

지나고 나면
아무것도 아닐 거야

그러니
너무 애쓰지 않아도 돼.

2부

그대에게 보내는 편지

그대에게

늘
착한 그대에게
좋은 일이 있었음 좋겠다

항상
따뜻한 그대에게
기쁜 일이 생겼음 좋겠다

언제나
성실한 그대에게
멋진 일이 찾아갔음 좋겠다

매일
최선을 다하는 그대에게
행복한 일이 쏟아졌음 좋겠다.

새로운 나

매일
새롭게 태어나렴

지혜롭고
현명한 나로

특별하고
소중한 나로

뛰어나고
훌륭한 나로

온전하고
완전한 나로

풍요롭고
행복한 나로..

어제의 나는 보내고
오늘의 나로 살아가렴.

긍정 깨우기

당신의
머리가

안 된다고
말할 때

당신의
마음에서 된다고 말하세요

당신의
이성이
포기하라고 말할 때

당신의
지성이
성공할 거라 말해주세요

부정을 잠재우고
긍정을 깨우세요.

기회

당신
자신에게
기회를 주세요

무언가를
성취할 기회

어떤 것을
이룰 수 있는 기회

새로운 것을
경험할 기회

노력하고
발전할 수 있는 기회를 주세요

두려워서 못 하고
용기 없어 못 하는

그 많은 기회들을
당신이 할 수 있게 기회를 주세요

하면 잘할 수 있는데
기회를 주지 않아 못 하는지도 몰라요

아마도
당신은
너무도 멋지게 잘 해낼 거예요.

가렴

넘어질라
천천히 가렴..

쓰러질라
조심히 가렴..

후회할라
신중히 가렴..

지칠라
느긋이 가렴..

실수할라
침착히 가렴..

부딪힐라
살피며 가렴..

망가질라
돌보며 가렴..

힘들라
쉬었다 가렴.

남을 울리지마라

남을 울게 하고
당신은 웃지 마라

남을 힘들게 하고
당신은 편하지 마라

남을 괴롭게 하고
당신은 즐겁지 말고

남을 아프게 하고
당신은 기쁘지 마라

남을 해롭게 하고
당신은 잘 되지 말고

남을 불행하게 하고
당신은 행복하지 마라

남에게 피해를 주고
남에게 고통을 주며

혼자 잘 먹고 잘 살지 마라

그 벌은 당신이 되돌려 받는다.

멋지게

당신의
머리에 지혜를

당신의
마음에 희망을

당신의
가슴에 행복을

당신의
심장에 사랑을

당신의
영혼에 기쁨을

당신의
손에 용기를 들고

오늘도
멋지게 살아가세요.

나를 상하게 하지 말아요

분노는
간을 상하게 하고

두려움은
콩팥을 상하게 하고

걱정은
위를 상하게 합니다

자신을
상하게 하는 일을 그만두세요

이 세상에
자신을 상하게 할 만큼

중요한 일은 없습니다

내가 없으면
세상도 없습니다.

다 잘될거야

기차를
탔으면

무거운 짐을
짐칸에 싣고
편하게 가면 되는데

팔에 메고
등에 짊어진 채 가는 사람이 많지요

그러면서 힘들어하고
괴로워하며 목적지까지 갑니다..

우리는
인생이란 기차를 타고
세상을 여행하는 사람들입니다

무거운 짐을
하늘에 맡기고

멋진 풍경을 바라보며
행복한 여행을 즐겨보세요

다 잘 될 거라는 믿음과
다 좋을 거라는 확신만 가지면 됩니다.

소리

타인의
소리에
정신이 팔리면

중심을
잃을 때가 많습니다

자신을
지키려면
내면의 소리에 귀를 기울이세요

세상의 소음에
마음을 뺏기면

길을 잃을 때가 많습니다

나의 길을 가려면
내 안의 소리에 마음을 여세요.

퍼즐

당신은
이 아름다운 세상을

작품으로 만들고 있는
하나의 퍼즐 조각입니다

볼품없어 보이는
퍼즐 한 조각만 빠져도

멋진 작품이 완성이 되질 않고

하찮아 보이는
퍼즐 한 조각만 없어도

훌륭한 그림이 미완성이 되어버리죠

당신은
작든 크든 이 세상의 작품을
완성하고 있는 소중한 한 사람입니다.

내 삶 살기

남 기분 살피느라
내 기분 망칠 필요 없고

남 마음 쓰느라
내 마음 상할 필요 없습니다

남 눈치 보느라
내 행동 불편해질 필요 없고

남 의식하느라
내 자유 잃을 필요 없습니다

남 신경 쓰느라
내 감정 숨길 필요 없고

남 생각하느라
내 삶을 포기할 필요 없습니다

남은 남일뿐입니다
내 삶을 즐겁게 살아가세요.

시간

당신에게
쓸 수 있는 시간은
정해져 있습니다

소중한
당신의 시간들이

지금 이 순간에도
조금씩
천천히
줄어들고 있는 것입니다

그 보석 같은 시간들을
허투루 사용하지 말아요

아주 좋은 것에
즐겁게 사용하고

정말 하고 싶은 일에
값지게 사용하고

가장 행복한 일에
소중하게 사용하세요.

최선

항상
최선을
다해 살아가면 돼요

그 최선들이
모여 보석이 되고

당신에게
빛나는
성공을 이뤄줄 거예요

당신의
최선들이
하나씩 쌓이고
하루씩 커져가면

당신의
삶을

최고로 만들어 줄 거예요.

행복하렴

너에
걱정은
하늘이
다 해결할 거고

너에
근심은
우주가
다 가져갈 거야..

너에
문제는
시간이
다 풀어줄 거고

너에
고통은
세월이
모두 쓸어갈 거야..

너에
상처는
자고 나면
흔적도 없이 사라질 테니

넌
그저 행복하기만 하렴

나 돌보기

부족한 나라도
늘 칭찬해 주고

모자란 나라도
늘 인정해 주고

나약한 나라도
늘 격려해 주고

초라한 나라도
늘 응원해 주고

나 자신을
아끼며 사랑해 주세요

내가
나를 잘 돌보고
항상 지키며 살아가야 해요..

그 예쁜

그 예쁜 눈에서는
눈물 나지 않았음 좋겠습니다

그 예쁜 마음에서는
힘든 일이 없었음 좋겠습니다

그 고운
미소를 가는 당신은
아프지 않았음 좋겠습니다

당신은
그저 행복했음 좋겠습니다..

당신은

당신은
걱정의 크기보다

훨씬 강한 사람이고

당신은
두려움의 무게보다

훨씬 센 사람이고

당신은
염려의 부피보다

훨씬 뛰어난 사람이에요..

그러니 두려워하거나
걱정하며 살 필요가 없어요

당신은 잘 해낼수 있으니까요

소풍

웃고 살려고
태어났으니

울지 말아요

즐겁게 살려고
내려왔으니

힘들어 말아요

행복하게 살라고
보내줬으니

괴로워 말아요

잠시 소풍 온 이 세상
하루하루 즐겁게 놀다 가세요..

당당하고 멋지게

얼굴엔
웃음을 잃지 말고

가슴엔
희망을 잃지 말고

심장엔
사랑을 잃지 말고

마음엔
행복을 잃지 말고

살엔
여유를 잃지 말고

언제나
당당하고 멋지게 살아가세요.

매일

매일
생각을
깔끔히 비우렴

삶이 맑아질 거야..

매일
마음은
예쁘게 가꾸렴

세상이 예뻐질 거야..

매일
영혼을
빛나게 닦으렴

인생이
아름다워질 거야...

애쓰지 마렴

너무
잘 하려 애쓸 필요 없어

그럴수록
몸만 고달파지고
마음만 힘들어질 거야..

그저
하루의 일과를
게으르지 않게 수행하고

그냥
주어진 하루에게
미안하지 않을 만큼

최선을 다하면 되고

하루하루
열심히 살아가면 되는 거야...

그 안에서 기쁨도 찾고
행복도 발견해 누리면 되는 거야.

봄날

겨울 가면
봄이 오는 것처럼

너에
힘든 시간이 끝나면

행복한
좋은 날이 오게 될 거야

밤이
지나면

아침이 오는 것처럼

너에
어둠이 걷히고 나면

밝은 세상이 찾아올 거야

그때까지
잘 이겨내렴..

너에
봄날은 오고 있으니까.

매일 새 출발

매일
말끔히
옷을 갈아 입 듯

마음도
매일 새 마음으로
다시 태어나렴…

어제의
헌 마음은 모조리 버리고

새 기대와
새 용기와
새 소망과
새 희망으로

매일 새롭게 출발하렴

넌

넌
예쁘니까

예쁜
세상만 살아가렴..

넌
고으니까

고은
인생만 살아가렴..

넌
착하니까

착한
세상만 살아가렴..

넌
소중하니까

늘 축복이 가득하렴.

물 흐르듯

걱정하고
근심하며 사니까

사는 게 힘든 거야.,

불안해하고
두려워하며 사니까

삶이 괴로운 거야..

근심하고
불평하며 지내니까

인생이 불행한 거지..

걱정한다고 바뀔 건 없고
근심한다고 달라질 건 없어

삶을 조금만 내려놓고
인생을 조금만 비워내렴..

너무 애쓰지 마렴
물 흐르듯 살아가면 돼.

행복해지는 일

너
밖에 모르면

결국
외로워지는 거야

남을
이해하고 배려할 줄 모르면

친구도
연인도
지인도 다 떠나가게 되고

결국
너 혼자만 남게 되는 거지..

가끔은
나 아닌
다른 사람도 돌보며 살아가렴

그게
너가 행복해지는 일이야

신은 힘든 세상
서로 기대며 살라고

누군가를 보내주신 거거든

좋은 상태유지

좋은 것만 생각하렴
그럼 마음이 편해질 거야

원하는 것만 상상하렴
그럼 느낌이 좋아질 거야

즐거운 것만 기억하렴
그럼 감정이 올라갈 거야

행복한 것만 떠올리렴
그럼 기분이 들뜨게 될 거야

자신을
항상 좋은 상태로 유지하렴

그래야 인생이 잘 풀리게 되니까

특별함

우리는
특별해지길 원하지만

원래부터가
특별한 존재입니다

그러니 애써
특별해지려 할 필요 없습니다

당신은
지금도 너무 소중하며
충분히 반짝입니다

온전한 나로 살아갈 때
당신은 더 특별해집니다.

날 응원하자

어제의 나에게
참! 고생했어라고
토닥여주자

오늘의 나에게
참! 잘 했어라고
꼬옥 안아주자

내일의 나에게
넌 잘될 거야라고
희망을 심어 주자

그렇게
하루씩 나를 응원하며 살아가자

생각하렴

힘든 일을
겪을 때마다 생각하렴

얼마나
좋은 일이 오려고 그러는 걸까..

불편한 일이
찾아올 때마다 생각하렴

얼마나
근사한 일을 데려오려고 이러는 걸까..

큰 행운은
안 좋은 포장지에 쌓여올 때가 많아요

용기 잃지말고 살아가자

인생을 살아가다 보면

어떤 날은
서러워서 울고 싶고

어떤 날은
힘이 들어 쓰러질 것 같다..

어떤 날은
억울해서 분하기도 하고

어떤 날은
속상해서 주저앉고 싶다..

인생이
마음먹은 대로
되지 않는 게 한둘이 아니다

그래도
용기 잃지 말고 살아가자

다들 괜찮은 척
그렇게 살아가는 거니까..

치유

우리는

상처받은 나를 인아주고
아파하는 나를 감싸주어야 해요

고통받은 나를 돌봐주고
실패한 나를 품어주어야 해요

울고 있는 나를 달래주고
힘들어하는 나를 위로해 주어야 해요

부족했던 나를 이해해 주고
잘 못한 나를 용서해 주어야 해요

그렇게

힘들었던 흔적들을
하나씩 지우고

나쁜 기억들을
모두 보내주어야 합니다

내가
나를 치유해 주어야 합니다.

그래야
더 나은 내가 되어
좋은 삶을 살아갈 수 있게 됩니다

거목

힘든 일을
하나씩 이겨내다 보면

어느새
마음에 근육이 생겨납니다

어려운 일을
하나씩 극복하다 보면

어느 날
튼튼해진 나를 만나게 됩니다

힘든 시련도
어려운 역경도

지나고 나면
모든 게 약이 되고 거름이 됩니다

나중엔
아무리 바람이 거세게 불어와도

흔들리지 않은
커다란 거목이 됩니다.

바래요

축복은
시련이란 상자에
담겨져 오는 거니까

웃으며 잘 극복하길 바래요

성공은
역경이란
다리를 건너야 오게 되니까

씩씩하게 잘 건너길 바래요

행운은
고난이란
시험을 통과해야 받게 되니까

가볍게 잘 통과하길 바래요

좋은 것 들은
나쁜 것 들을 치뤄내야

보상을 받게 되는 거니까

꿋꿋하게
잘 이겨내길 바래요.

그래도 돼요

지금까지
열심히만 살았다면

이제 즐겁게 살아도 돼요

지금까지
최선을 다해 살았다면

이제 행복하게 살아도 돼요

지금까지
남을 위해 살았다면

이제 나 위해 살아도 돼요

당신은
이제 편히 쉬어도 돼요

너무
열심히만 살지 말고 행복하게 살아요.

툭툭털기

걷다가
넘어지면

툭툭 털고 일어나렴..

뛰다가
쓰러지면

탁탁 털고 걸어 가렴..

인생길
걷다 보면

넘어지고 쓰러질 때 있을 거야

그럴 때마다
용기 잃지 말고

다시 일어나 걸어가면 돼..

남의

남의 험담은
잘난 사람이 하는 게 아니라

못 난 사람이 하는 것이고

남의 뒷 담은
우월한 사람이 하는 게 아니라

열등한 사람이 하는 것이고

남의 질타는
뛰어난 사람이 하는 게 아니라

모자란 사람이 하는 것이고

남의 평가는
완벽한 사람이 하는 게 아니라

부족한 사람이 하는 것입니다.

향기

생선
가게에서는

생선 비린내가
나는 것이고

꽃
가게에게는

꽃향기가 나는 것입니다

나쁜
사람에게선 나쁜 향기가 나고

좋은
사람에게선
좋은 향기가 나는 것입니다

당신에게선
어떤 향기가 나는지 잘 살펴보세요.

3부

기적을
부르는
생각 씨앗

생각 씨앗

당신이
비록 운이 없는 사람이라도

나는
운이 좋은 사람이다 생각하면

좋은 운이 따라오게 됩니다

나는 행운아다 생각하면
행운이 항상 따라다니고

나는 부유하다 생각하면
부가 따라오게 되고

나는 행복하다 생각하면
행복한 일들이 펼쳐지게 됩니다

나쁜 생각 말고
좋은 생각을 하고 사세요

한발짝

한 발짝
물러나

그것들을 바라보면

별것 아닌 일에
내가 감정을 소모했구나 알게 되고

아무것도 아닌 것들에

내가
얼마나 마음 썼는지가 보입니다

조금 멀리서 보면
모든 것 들은

아주 하찮은 것들일 뿐입니다

나를 통과해
지나가는 바람일 뿐입니다

차이

늘
화내며
불평하는 사람과

늘
웃으며
감사하는 사람은

처음엔
별 차이가 없는 삶을 살아가지만

나중엔
큰 차이가 나는 삶을 살아가게 된다

공명

당신이
무언가를

간절히 원하면
그것들도 당신을 원하게 된다

처음에는
당신이 그것들을 찾아 나서게 되지만

나중에는
그것들이 당신을 찾아오게 된다

이것은
내 에너지가 퍼져나가

우주로 흩어져
공명을 일으키는 현상이다.

인품

강자에게
잘 하는 사람은 많습니다

하지만
약자에게 잘 하는 사람은
많지 않습니다

인품은
약자에게 어떻게 대하는지를 보면
잘 알 수 있습니다

우리는
강하고 약하고를 떠나

다 소중한 존재들이고
다 연약한 사람들입니다

서로를 돕고
존중하며 살아가는 게
아름다운 미덕입니다.

중요함

좋은 책을
많이 읽는 것보다

그 책을 읽고
좋은 사람이 되는 게 중요하고

높은 지위에 오르려 하는 것보다

더 높은 인격을
갖춘 사람이 되는 것이 중요하고

많이 가지려 욕심내는 것보다

더 많이
베풀어 주는 사람이 되는 것이 중요합니다

습관

습관이란
무시운 거아

처음엔
분명히 작았는데

금방 커져버리지..

습관을 만든 건
나 자신인데

어느새
습관이 날 다스리게 되지..

그러니까

처음부터
나쁜 습관은 멀리하고

좋은 습관은
잘 키워가야 하는 거야..

나도 그럴수 있으니

나도
실수할 수 있으니
남을 이해해 주고

나도
잘 못할 수 있으니
남을 용서해 주고

나도
그럴 수 있으니
남을 포용해 주고

나도
완벽할 수 없으니
남을 배려하며 살아가세요

생각

생각은
씨앗입니다

나쁜 생각보다
좋은 생각을 하세요

이 생각은
키우고 싶은 생각인가
자르고 싶은 생각인지

이 일은
만나고 싶은 일인지
피하고 싶은 일인지

깊이 생각하고
신중히 생각하세요

처세

눈 빛은 따뜻하고
마음은 온유하세요

말은 다정하고
행동은 겸손하세요

성격은 밝으며
옷차림은 단정하세요

늘
반듯하도록 노력하세요

그럼
어디서든
존중받을 수 있을 것입니다

준비

지나간
과거는
내 능력으로 바꿀 수 없지만

펼쳐진
현재는
내 마음으로 바꿀 수 없지만

다가올
미래는
내 힘으로 바꿀 수 있습니다

오늘부터
더 좋은 미래를 준비하세요.

성공은

불가능하다고
생각하는 사람이 아니라

가능하다고
생각하는 사람들이 이루어냅니다

부정적인
태도를 가진 사람이 아니라

긍정적인
태도를 가진 사람이 만들어냅니다,

당신은
가능한 것을
불가능하다 판단하거나

되는 일을
안되는 일이다 포기하거나

할 수 있는 것을
못한다 단념하고 있지는 않는지 살펴보세요

안경

세상은
당신이

보고 싶은 대로
보여집니다

당신의
세상은 어떤가요

어두운가요
밝은 가요

추한가요
아름다운가요

불행한가요
행복한가요

밝고
아름다운 세상을 보려면

안경을 바꿔쓰세요.

풍요찾기

가진 게
많아도

사람들은
늘 부족하지요

살아가는 동안
다 만족하는 사람은

그리 많지 않습니다

한 가지
부족한 게 채워지면

또 다른 부족함을
발견해 내는 게 사람 욕심입니다

평생 빈곤하게 살지 않으려면
마음의 풍요를 찾도록 하세요.

말의 무게

말을 할 땐

좋은 말인지
나쁜 말인지 분별하고

해야 할 말인지
하지 말아야 할 말인지 구분하고

상처가 될 말인지
도움이 될 말인지 판단하고

필요한 말인지
필요 없는 말인지 생각하고

여러 번
상대방 입장을 고려해서

신중하고
사려 깊게 하도록 하세요

늘 조심해도
말에는 실수가 많습니다.

고치고 버리기

안 된다고
투정 부리는
말 버릇을 고치세요

못 한다고
포기하는
나약함을 버리세요

나쁘다고
부정하는
태도를 고치세요

못 맞당하다고
짜증 내는
나쁜 습관을 버리세요

불쾌하다고
화내는
고약한 성격을 고치세요

힘들다고
불평하는
못 된 마음을 버리세요

그것들이
다 내 삶을 좀 먹고 있는
몹쓸 벌레들이에요.

지나치면

당당함이
지나치면 뻔뻔함이 되고

자신감이
지나치면 거만함이 되고

솔직함이
지나치면 무례함이 되고

자존감이
지나치면 오만함이 되고

주장이
지나치면 고집이 된다.

갖자

나쁜 일을
빨리 잊어버리는 머리를 갖자

안 좋은 일을
바로 흘려보내는 마음을 갖자

불쾌한 일을
금방 지워버리는 가슴을 갖자

그렇게
나에게 상처가 되는 일이나
나에게 고통을 주는 일들은

가볍게 넘겨버리는
단단한 심장을 갖자.

신은

예쁜 것을 보라고
눈을 주었고

고은 소리를 들으라고
귀를 주었고

좋은 말을 하라고
입을 주었고

선한 일을 하라고
손을 주었고

바른길을 가라고
발을 주었는데

그대는
그렇게 사용하고 있는가.

교정

난
"원래 이런 사람이다"라고

자신을
규정지으면 바뀌지가 않습니다

난
"본래 그런 사람이다"라고

자신을
단정 지으면 발전할 수가 없습니다

원래가 틀린 거라면 고쳐야 하고
본래가 나쁜 거라면 바꿔야 합니다

틀에 박힌
고집과 아집을 버리세요

그것은 자신의
성장을 막는 일입니다.

초연해지자

삶에
무던해지자

인생에
의연해지자

세상에
태연해지자

인연에
덤덤해지자

모든 일에
초연해지자.

좋은 예감

왠지
좋은 일이
생길 것 같은 오늘..

어쩐지
즐거운 일이
찾아올 것 같은 오늘..

뜻밖의
기쁜 일이
다가올 것 같은 오늘..

정말
멋진 일이
벌어질 것 같은 오늘..

엄청
행복한 일이
일어날 것 같은 오늘..

무조건
잘 풀릴 것 같은 오늘..

오늘은 예감이 좋다

매일 설레는 마음으로
오늘을 열어가세요.

날개

날개가
있어도
날지 못하는 것들이 있다

닭이 그렇고
타조가 그렇다

당신도
날개가 있는데

날지 못하는 새로 살고 있지는 않은가..

운명이라 받아들이고
날개를 꺾어버리지는 않았는가..

이제 멋진 날개를 펴고
하늘 높이 날아올라라

날아오르지 못하는 것은
운명이 아니라 포기이다.

나 지키기

나를
괴롭히지 않으려면

사소한 일들에
무던해지는 법을 알아야 하고

나를
힘들게 하지 않으려면

작은 일들에
유연해지는 법을 알아야 하고

나를
지켜내기 위해서는

타인들의
말과 행동에
상처받지 않는 연습을 해야 한다.

신념

모든 건
다 내 생각일 뿐이죠

힘든 생각으로
나를 괴롭히는 것이고

나쁜 생각으로
나를 불편하게 할 뿐입니다

생각을 다스리세요

좋은 생각으로
나를 즐겁게 만들고

멋진 생각으로
나를 행복하게 만드세요

내 생각이 길을 만들고
내 마음이 그 길을 걸어갑니다

모든 것은
나의 믿음과 신념에서 발현이 됩니다.

오늘은

오늘은
어제 내가 창조한 날..

이미
창조된 오늘은
바꿀 수가 없습니다

하지만 내일은
오늘의 힘으로 바꿀 수 있습니다

항상 좋은 생각으로
소망의 씨를 뿌리고

항상 좋은 마음으로
내일을 설계하세요

미래를
정성껏 가꾸어가세요

그러면
좋은 열매를 거두게 됩니다.

버리자

"누구 때문에" 라는
피해의식 따윈 버리자

"무엇 때문에" 라는
사고방식 따윈 버리자

"이것 때문에" 라는
자격지심 따윈 버리자

"저것 때문에" 라는
열등감 따윈 버리자

내 삶을 가로막고 있는
"때문에"라는 장애물을 모두 버리자.

맞으면

생각이
맞으면
친구가 되고

감정이
맞으면
지인이 되고

느낌이
맞으면
절친이 되고

마음이
맞으면
연인이 됩니다.

타협

사람마다
생각이 다르고
마음이 다 틀려요

의견이 다르고
주장이 다 틀려요.

그런데
자신의 생각이 다 맞고
자신의 마음이 다 옳고

자신의 주장이 다 정답이에요..

타인이 봤을 땐
당신도 타인일 뿐이에요

내 주관이 다 맞거나
내 판단이 다 옳지는 않아요

조금씩 양보하고
조금씩 타협하세요.

선택

늘
부정과
긍정이 싸우고

항상
불행과
행복이 다툴 거야

부정에게 지게 되면
늘 불행해질 것이고

긍정으로 이기게 되면
항상 행복해질 거야..

선택은 자유야

좋은 선택은
좋은 삶을 만들지.

과거를 잊어라

흘러간
과거에 얽매여 사는 건

시간 낭비다

과거는
이미 지나갔고
아무런 힘이 없다

시간은
뒤로 가는 법이 없고

늘
앞으로만 달려간다

그런데
과거에 집착하며 산다는 건

미래로 나아가지 못하고
현재를 망치고 있는 일이다

후회도 접어두고
미련도 보내줘라

그러지 않으면
남은 인생도 엉망이 되고 만다

향기

겉이
아름다운 사람보다

속이
아름다운 사람이 되어라.

마음의 향기는
아주 오래간다.

씨앗

작은
씨앗 하나에는

큰 나무와
많은 열매가 담겨있습니다

당신이
심어 놓은

작은 희망 씨앗 하나는

매일
물을 주고
정성껏 돌봐주다 보면

때가 되면
크게 자라나고

좋은 열매를 맺게 될 것입니다.

좋은 일

"오늘
당신에게

기적이
일어나지 말라는 법 없고

행운이
찾아오지 말라는 법 없으며

축복이
쏟아지지 말라는 법은 없습니다

좋은 일은
지금 당장 일어날 수 있습니다"

장미

장미꽃에는
가시가 있다

하지만
가시나무라 하지 않고

아름다운
장미꽃이라 부른다

좋은 것을 보면
나쁜 것이 보이지 않는다.

그냥 그대로

감사할
이유를 찾지 말고

그냥
그대로
감사하면 돼요

기뻐할
까닭을 찾지 말고

그냥
그대로 기뻐하면 돼요

행복할
조건을 찾지 말고

지금
그대로 행복하면 돼요

이유를 찾고
까닭을 찾고
조건을 찾다간

평생을
행복해질 수 없을 거예요.

자기 관리

현명한
사람은

자신의
생각을
세밀히 조율하고

성공한
사람은

자신의
마음을
철저히 다스리고

탁월한
사람은

자신의
행동을

엄격히 관리한다.

씨앗

땅은
독초든
약초든

정성껏
키워냅니다

잡초든
화초든

열심히 키워냅니다

우리의
의식은 토양입니다

생각 씨앗을
마음 밭에 잘 심어
좋은 열매를 거두세요.

큰 사람

이해하고 이해하다 보면
아량이 넓어지고

배려하고 배려하다 보면
관용이 높아지고

양보하고 양보하다 보면
도량이 깊어지고

베풀고 베풀다 보면
자비심이 늘어납니다

그러다
큰 사람이 됩니다.

고운 사람

질타는
사람을 울게 하고

칭찬은
사람을 웃게 한다

겸손은
사람을 머물게 하고

거만은
사람을 떠나게 한다

미움은
사람을 괴롭게 하고

사랑은
사람을 행복하게 한다

고운 사람으로

세상을 향기롭고
아름답게 만드세요.

당신이

당신이
즐겁지 않다는 건
놓을게 많다는 거다

당신이
기쁘지 않다는 건
보낼게 많다는 거다

당신이
웃을수 없다는 건
비울게 많다는 거다

당신이
행복할수 없다는 건
버릴게 많다는 거다.

4부

풍요를
가져다 주는
성공열쇠

꿈

나쁜 일은
나쁜 꿈이고

좋은 일은
좋은 꿈이다

모든 건
그저 한순간 꾸는 꿈이다.

꿈은
자면서 꾸는 꿈과
깨어서 꾸는 꿈이 있을 뿐이다

모든 꿈은
깨어나면 사라진다

나쁜 꿈은 잊어버리고
좋은 꿈만 기억하라

내가 크면

'나'라는
존재를

하찮게 여기면
먼지만 한 작은 존재가 되지만

귀하게 여기면
우주보다 더 큰 존재가 됩니다

내가 작으면
먼지 하나 움직일 수 없지만

내가 크면
우주를 움직일 수 있게 됩니다

스스로를
과소평가하지 말아요

나를
'나'라는 틀 속에 가두지 말아요.

실천

꿈은
머리로 생각하고
노력으로 해내야 하고

도전은
가슴으로 느끼고
몸으로 해내야 하고

성공은
마음으로 품고
행동으로 해내야 합니다

생각만 하고
실천하지 않으면
현실이 되지 않습니다.

성공 열쇠

모든
시련엔
까닭이 있고

모든
역경엔
이유가 있고

모든
고난엔
의미가 있습니다

너무
낙심하지 말고

너무
한탄하지 말고

그것 들을 찾아내
성공의 열쇠로 삼으시면 됩니다.

창조

생각으로
그림을 그리고

마음으로
그것을 느끼고

행동으로
그것을 만지면

그것들은
현실이 됩니다..

우리는
지금 이 순간도
인생을 창조하고 있지요

십년후

십 년 전에
더 열심히 잘 살아볼걸

후회해 봐야 소용이 없다

그러니

앞으로
십 년 후에

어떻게 살고 있을까를
생각하고 계획하며

오늘
더 노력하고

지금
더 열심히 살아가야 한다

같은
후회와 미련이
십 년 후에도 반복되지 않도록 말이다.

촛불

나에
촛불을

꺼진
다른 촛불에게
나눠준다고 해서

내 촛불이
어두워지거나
꺼지는 것은 아니다

따뜻한
마음을 나눠주면
두배로 더 따뜻해지고

포근한
사랑을 나눠주면
두배로 더 행복해진다

그렇게
다른 촛불을 서로 밝혀주면

이 세상에 어둠은 사라지고

모두가
따뜻하고
행복해지지 않겠는가.

활

시작도
하기 전에

실패를
걱정하게 되면
그 일은 성공할 수 없다

그것은
화살을

성공이 아닌
실패에 쏘았기 때문이다

화살촉은
냉정하게도 정확히 맞춘다

그러니
늘 성공을 향해 활을 쏘아야 한다.

도와 줄 것이다

당신이
어떤 큰 꿈을 품고

열심히
노력한다면

기회가 도와줄 것이고

당신이
어떤 큰 소망을 품고

꾸준히
매진한다면

운명이 도와줄 것이고

당신이
어떤 큰 뜻을 품고

최선을 다하고
포기하지 않는다면

신이 도와줄 것이다.

작은 꿈이라도

작은
꿈이라도
늘 꾸고 살렴..

소박한
소망이라도
늘 품고 살렴..

하찮은
희망이라도
늘 안고 살아가렴..

그래야
이 험한 세상

용기 잃지 않고 이겨낼 수 있고

웃음 잃지 않고 살아갈 수 있으니.

세상을 바꾸는 사람은

이 세상을
바꿔나가는
사람들은

절대
부정적이거나
비관적인 사람이 아니다

그들은

말도 안 되게
긍정적이고

근거 없이
낙천적이고

대책 없이
낙관적이고

터무니없이
용감한 사람들이다

긍정의 힘이
나와 세상을 바꾼다.

길

쉬운
길은
아무나 갈수 있지만

어려운
길은
아무나 가지 못한다

그 길은
용기 있는 자만이 갈수 있고

끈기 있는 자만이 갈수 있고

노력하는 자만이 갈수 있다

그런 사람만이

끝내
성공의 깃발을 꽂을 수 있게 된다.

할 수 있습니다

누군가
이루어낸 일이라면

당신도
충분히 해낼 수 있다는 말입니다

용기를 가지면
안 될 것 같던 일도 할 수 있게 되고

자신감을 가지면
못 할 것 같던 일도 해낼 수 있게 되고

패기를 가지면
불가능할 것 같던 일도 가능하게 됩니다

아무리 어려운 일도
당신이 할 수 있다고 믿으면

할 수 있게 될 것입니다.

키워가기

어제 보다
오늘 더 발전하는 사람이 되고

오늘 보다
내일 더 성장하는 사람이 되고

내일 보다
미래에 더 빛나는 사람이 되세요

그렇게
나 자신을 멋지게 키워가세요.

잠재력 깨우기

당신은
이미 모든 것을
해낼 수 있는

뛰어난 능력을 갖춘 사람이다

당신이
조금만 용기를 내고
조금만 자신감을 가진다면

이 세상에
못 해낼 일은 없을 것이다

당신의
무한 잠재력을 깨워 사용하라.

성장통

몸의
성장통은
사춘기 때 겪지만

마음의
성장통은

사는 날까지
계속해서 겪어내야 하는 일이다

깨지고
부서지고
다듬으며

우리는
조금씩 성장하고 있다.

복

인복은
다른 사람에게
도움을 주어야

얻을 수 있는 복이다

돈복은
많은 사람들에게
이롭게 해야

받을 수 있는 복이다

축복은
모든 사람들에게
베풀어야

누릴 수 있는 복이다

복도 지어야 받을 수 있다.

5부

근심을 행복으로 바꿔주는 좋은글

행복정원

우린 모두
내일 일은 모른다

그러나

걱정하며 산다고
더 잘 사는 것 아니고

근심하며 산다고
더 잘 되는 것 아니다

차라리

걱정하는 대신
한 번 더 즐거워하고

근심하는 대신
한 번 더 행복해하는 게

오히려
더 좋은 내일을 만들 수 있다

걱정하는 자는
불행의 늪에 살고

감사하는 자는
행복한 정원에 산다

한번씩

당신이
한 번씩

욱하고 화를 낼 때

당신의
수명이

하루씩 짧아집니다

당신이
한 번씩

방긋 웃을 때

당신의
수명이

하루씩 길어집니다

활짝 웃고
즐겁게 살아가세요.

흔적

나쁜 기억은
머리에 남고

좋은 감정은
가슴에 남습니다

아픈 상처는
심장에 남고

행복한 순간은
마음에 남습니다

사람은
흔적을 남깁니다

나쁜 흔적은 고통이 되고
좋은 흔적은 행복이 됩니다

좋은 사람으로
좋은 흔적을 남기며 살아가세요.

작은

작은
것들에
감사를 가지면

큰
감사를 불러오게 되고

작은
것들에
행복을 느끼면

큰
행복을 끌어오게 됩니다

작은
씨앗이

큰 나무가 되는 것처럼

작은 건
큰 열매가 되어줍니다

오늘도
작은 감사와 행복 속에 살아가세요.

꽃

꽃을
샀습니나

향기는
덤으로 얻었고

행복은
공짜로 받았습니다

예쁜 꽃을 보니

마음이
꽃처럼 예뻐집니다

이 세상엔
고마운 것들이 참 많습니다.

행복은

감사는
자신이 하는 만큼
점점 더 많아진데요

순간순간 감사하세요

기쁨은
자신이 느끼는 만큼
더욱더 늘어난데요

매일매일 기뻐하세요

사랑은
자신이 주는 만큼
훨씬 더 풍족하데요

아낌없이 사랑하세요

행복은
자신이 담는 만큼
부피가 더 커진데요

많이 많이 담으세요.

작은 행복

작은 일에
감사할 줄 아는 사람이

가장 풍요로운 사람이죠

소소한 일에
행복을 느끼는 사람이

정말 행복한 사람이죠

별것 아닌 일에
기쁨을 누리는 사람이

진짜 즐거운 사람이죠

소박한 일에
감동을 받는 사람이

제일 풍족한 사람이죠

작은 것들 속엔
큰 것 들이 담겨져 있죠.

용감한 자

역경 속엔
좌절과 희망이 들어있고

환난 속엔
실패와 성공이 담겨있고

시련 속엔
불행과 행복이 함께있다

연약한 자는
좌절과 실패를 선택해

불행하게 살아가고

용감한 자는
희망과 성공을 선택해

행복하게 살아간다.

행복

높은
곳이라고
다 행복이 있는 게 아니고

낮은
곳이라고
다 불행이 있는 게 아닙니다

행복과 불행은
높 낮이가 아니라

그 사람의
마음속에 있습니다.

행복2

평범한
행복은 많은데

특별한
행복을 찾느라

작은
행복마저

늘
놓치고 살아가는 건 아닐까..

우리
평범한 일상 속에서

소소한
행복을 찾아 누려보는 건 어떨까..

조금만
욕심을 비우고
마음이 순수해지면 어떨까

그럼
매일 행복해질 수 있을 거야.

소박한 행복

당신이

작은 일들에
기쁨을 느끼면
늘 기쁨이 넘칠 거예요

사소한 것들에
감사를 가지면
늘 감사가 가득할 거예요

소박한 일들에
즐거움을 맛보면
늘 즐거움이 쌓일 거예요

단순한 것들에
행복을 찾으면
늘 행복을 누릴 거예요

당신이 조금만
욕심을 버리고 순수해지면

이 모든 걸 가질 수 있을 거예요

너에 행복누리기

나쁜 일만 아니라면
너 하고 싶은 것 하며 살아도 돼

남에게 피해주는 것 아니라면
너 좋아하는 것 하며 살아도 돼

남들 시선
별루 신경 쓸 것 없어

남들은
남 일에 신경 쓰지 않으니까

남들 눈치 보며
불편하게 살 필요 없어

남 들은
너에게 그다지 관심 없으니까

남들 보다 더 중요한 게
너에 행복이야.

먼훗날

먼 훗날이
아득히 멀게 느껴지시만

하룻밤씩 자고 일어나면
어느새 늙어있고 그곳에 와 있다

살아갈 날 보다 살아온 날이
더 멀리 보이는 순간이 오게 되면

인생이 긴것 같았지만 짧게 느껴진다

그러니 너무 연연해하거나
아등바등 살지 말자

늘 감사하고
늘 행복해하며 살아가자

매일
삶에 기쁨을 찾아 누리고

항상
나를 아껴주고 사랑하며 살아가자.

웃자

웃고
살기에도 짧은 인생입니다

울고 산다고 바뀌는 것 있나요..

즐겁게
살기에도 아까운 인생입니다

화내며 산다고 달라질 것 있나요..

행복하게
살기에도 모자란 인생입니다

불평하며 산다고 변하는 것 있나요..

한 번 더 웃는 게 좋은 것이고
한 번 더 즐거운 게 남는 것이고
한 번 더 행복한 게 잘 사는 방법입니다..

하루에

하루에
한 번씩
즐거운 일을 하기..

하루에
하나씩
기분 좋은 생각하기..

하루에
한 번씩
신나게 웃어보기..

하루에
하나씩
행복한 마음 갖기..

하루가 모이면
평생이 되는 거니까

하루씩
예쁘게 살다 보면

매일매일이 예쁜 날이 되고

하나씩 행복을 저금하다 보면
어느 날 행복이 넘쳐나게 될 거예요.

행복2

내일
행복해야지 하면

행복은
늘 내일로 밀려나지요

내일은
안 올지 모르니까

조금 부족해도
오늘 행복하고

조금 모자라도
지금 행복하고

순간순간
마음껏 행복하기로 해요

6부

글에 담긴 지혜

선

곡선은
부드럽고

직선은
딱딱합니다

부드러움은
포용하는 능력이고

딱딱함은
배척하는 공격입니다

그래서
사람들은

딱딱한 사람을 피하고
부드러운 사람을 가까이합니다.

성장

시련은
당신의
생각을 높여주고

고난은
당신의
마음을 넓혀주고

역경은
당신의
영혼을 깨어주고

위기는
당신의
그릇을 키워줍니다

인생은 배움의 터전입니다.

시간

시간은
황금과도 같다

그 소중한 시간을
물처럼 쓰고 있지는 않은가..

시간은
수명과도 같다

그 아까운 시간을
휴지처럼 버리고 있지는 않는가..

성공한 사람들은
시간을 잘 관리합니다.

하나

우린
우리가
하나라는 걸 알게 될 때

누군가를
미워하거나

누군가를
증오하거나

누군가를
무시하거나

누군가를
경멸하는

어리석은 일을
그만둘 수 있게 됩니다.

마음 근육

아픈
말에도
상처받지 않는

강한 마음을 가지세요

어려운
일에도
쓰러지지 않는

단단한 마음을 가지세요

힘든
일에도
나약해지지 않는

튼튼한 마음을 가지세요

험난한 세상 잘 이겨내려면
마음의 근육을 키우며 살아가세요.

패기

백번
실패하면

백번
배우면 된다

포기만
하지 않는다면

성공은
이미 정해져 있다.

깨부시기

밧줄을
뱀이라 생각하면

당신의
눈엔 뱀으로 보여질 것이다

세상의
모든 것 들은

당신의 생각과
의식으로 보여지는 것 뿐이다

실상을
제대로 바라보려면

먼저 자기 자신의
관념과 이념들을 깨 부서야 한다.

무심

모를 땐
용감해지고

다 알면
더 두려워진다

때론
모르는 게

어떤 일을
달성하는데

용기를 줄 때가 있다

인생을
살아가는데

너무
많은 걸 알 필요는 없다

복잡하지 않은 삶
단순한 인생을 살아가라.

연연해 할것 없다

물은
물대로
흘러가게 놓아주고

바람은
바람대로
스쳐가게 풀어주고

계절은
계절대로
지나가게 내버려 두어라

붙잡고 있으면
삶이 무거워지는 법..

모든 것은
그저 나를 통과해 지나갈 뿐이다

나쁜 것도
좋은 것도 연연해 할 것 없다.

빈 그릇

많이
담으려면
큰 그릇을 준비하고

더 많이
받으려면

빈 그릇을 준비하라

늘
생각을 비우고
마음을 비우고
욕심을 비우세요

인정

나와
다른 사람이라고
다 이상한 사람은 아니다

다만
나와 다른 사람일 뿐이다

나와
틀린 사람이라고
다 그릇된 사람은 아니다

다만
나와 틀린 사람이 있을 뿐이다

다른 사람이 봤을 땐
나도 다른 사람이 되는 것이다

그저 그것을 인정하면 된다.

집착 놓기

화초가
잘 자라라고

물을
너무 많이 주면

뿌리가 썩어 죽을 수도 있어요

집착이란 그런 거예요

너무 과하면
숨이 막혀 도망가게 됩니다

무엇이든
편안히 풀어놓으세요

새처럼
자유롭게 날 수 있게…

그러면 알아서 잘됩니다.

지혜로운 사람

약한 사람은
환경의 지배를 받지민

강한 사람은
환경을 지배합니다

미련한 사람은
상황의 영향을 받지만

탁월한 사람은
상황을 전환합니다

아둔한 사람은
운명에 끌려가지만

지혜로운 사람은
운명을 끌고 갑니다.

만물의 가르침

꽃은
향기롭게
사는 법을 알게 해 주고

나무는
묵묵히
사는 법을 깨우쳐 줍니다

구름은
내려놓고
사는 법을 가르쳐 주고

바람은
가볍게
사는 법을 터득하게 합니다

계절은
순응하며
사는 법을 일깨워주고

세월은
흘러가며
사는 법을 배우게 합니다

만물은 소리 없이
우리를 가르치고 있습니다.

씨앗

농부가
씨를 뿌리면

몇 알은
새가 먹고

몇 알은
그냥 죽고

몇 알은
발아합니다

그 발아한 씨앗을
하늘이 햇살을 주고

때맞춰
비를 뿌려주고

날마다
바람이 어루만져 키워내

결국 열매를 달아줍니다

기회도
준비해야 찾아가고

행운도
노력해야 찾아오고

축복도
씨를 뿌려야 내려줍니다

당신이 먼저 무언가를 해야
하늘도 당신을 도와줄 수 있습니다.

긍정

우리안엔
부정과
긍정이 있다

이 둘은
매일 다툰다

부정이 삶을 지배하면
고통이 따르고

긍정이 삶을 지배하면
즐거움이 찾아온다

부정을 이기는 방법은
부정이 올라올 때마다

긍정의 마음으로
끊임없이 제압하는 것이다.

크고 넓고 깊게

작은
생각으로는

작은 세상만 볼 수 있으니

생각을 크게 하고

좁은
마음으로는

좁은 삶을 살수 있으니

마음을 넓게 갖고

낮은
의식으로는

험난한 인생을 살게 되나니

의식을 높게 확장하라.

치부

아무에게도
당신의 치부를

함부로
보여 주지 말아요.

영원할 것 같지만
등 돌리는 건 한순간이고

마지막 순간이 오면
화살을 꽂게 되는 게 사람이에요.

그걸 알고

인생이
힘든 사람은

세상이 불공평하고

인생이
편안한 사람은

세상이 공평하게 느껴진다

하지만
계속 운이 나쁜 사람도
계속 운이 좋은 사람도 없다

살다 보면
불운이 행운으로 바뀌기도 하고
행운이 불운으로 바뀌기도 한다

그걸 알고
인생이 무엇을 선사하든

그것을 지혜롭게 잘 활용하면 된다.

가볍게

생각이
무거우면
삶이 무겁고

마음이
무거우면
인생이 무겁고

내가
무거우면
세상이 무겁다

나를 가볍게 하라.

사람은

마음이
고요하지 않으면

하는 말이 요란하다

생각이
깊지 않으면

하는 행동이 가볍다

내면이
단단하지 않으면

삶이 흔들리고

의식이
강하지 않으면
인생이 고단한 법이다.

희망 씨앗

어둠 속에도
씨앗은

싹을 틔우고
자라나고 있다

당신의
희망 씨앗은

지금은
보이지 않아

알 수 없고
느낄 수 없겠지만

고요함 속에서
잘 자라나고 있다

그러니 지치지 말고
묵묵히 기다려라.

싸움

세상과
싸워
이길 수 있는 사람은 없다

하지만
나와 싸워 이기면
세상을 이길 수 있게 된다

내 안에
세상이 있는 것이다.

이 순간 밖에

인생이
긴것 같지만

지금
이 순간 밖에 살수 없다

그러므로
나중으로 미루는 행복은
영영 오지 않을 수 있다

그러니
지금 이 순간에
즐거워질 수 있는 일을 하고

지금 이 찰나에
행복해질 수 있는
것을 하는 게 더 중요하다

내가 쓸 수 있는 인생의 시간은
지금 이 순간에도 줄어들고 있다

정답은

좋고
나쁨도
내가 정하고

기쁨도
슬픔도
내가 결정하고

불행도
행복도
내가 선택한다

인생의
정답은
정해져 있는 것이 아니라

내가 질문하고
내가 찾는 것이다.

보자기

보자기는
사물의

형태나 모양 그대로
감싸주고 안아줍니다

뾰족하면
뾰족한 대로

네모나면
네모난 대로

둥글면
둥근 대로
따지지 않고 감싸줍니다

사람도
뾰족한 사람
네모난 사람
둥근 사람이 있습니다

사람을
있는 그대로 감싸 안아주는

예쁜 보자기 같은 사람이 되세요.

말

말이
많은 사람은
실수가 많고

말이
뛰어난 사람은
거짓이 많다

말이
앞서는 사람은
실천이 없고

말이
화려한 사람은
진심이 없다

말에 속지 않도록 하세요.

꽃

일찍
핀 꽃이
뽐내지만

결국
금방 시들고 말지요

나중 핀 꽃이
더 아름다우니

안 핀다고 걱정하거나

늦게
핀 다고 기죽지 말아요

당신의 꽃도
언젠가는 곱게 피어날 테니까요.

가지면

좋은
생각을 가지면
어긋날 일이 없고

부드러운
혀를 가지면
다툴 일이 없고

온유한
귀를 가지면
화날 일이 없고

겸손한
마음을 가지면
불편할 일이 없습니다

인생 유연하게
살아가면 부딪힐 일이 없습니다

물처럼 부드럽게 사세요.

진실함

가식적인
그럴싸한 포장으로

누군가를
잠깐은 속일 수 있을 거예요

하지만
그 가식이

하나씩 벗겨지게 되면
상대방은 당신을 떠나갈 거예요

위선적인
거짓으로 꾸미면

누군가를
잠깐은 현혹시킬 수 있을 거예요

하지만
그 거짓이

하나씩 밝혀지게 될 때
상대방은 당신을 버릴 거예요

진실함 보다 강한 건 없어요.

거짓

거짓말을
반복해서 한다고

진실이 되지는 않아요

거짓은
티가 나게 되어 있습니다

속이는 일을
계속해서 한다고

끝까지 속일 수는 없어요

언젠가는
들통이 나게 되어있습니다

가짜가
진짜 인척해도

진짜가 될 수는 없어요

나중엔
다 알아볼 수 있으니까요

거짓은
남을 속이는 게 아니라

자기 자신을
먼저 속이는 일이지요.

얽매이면

일에
얽매이면
자유를 잃게 되고

돈에
얽매이면
즐거움을 잃게 되고

사람에
얽매이면
자신을 잃게 된다

무언가에 얽매이면
어떤 것을 잃게 된다.

그림자

그림자가
굽어 있다는 것은

그림자가
굽은 게 아니라

내 몸이 굽어 있기 때문이죠

세상은
나의 그림자일 뿐입니다

좋은 세상도
나쁜 세상도

그 사람 내면의
투영일 뿐입니다.

7부

인생길에 함께 할 주옥같은 이야기

여행

속도는
천천히

방향은 정확히...

그럼
늦은 것은
하나도 없습니다

인생은
속도가 아니라 방향입니다

삶은
느리게

인생은 행복하게..

그럼
손해 볼 것은
하나도 없습디다

인생은
누구와의 경주가 아니라

나와의 즐거운
여행입니다.

지우개

나쁜 기억은
지우고 살자

아픈 상처도
지우고 살자

불쾌한 감정을
하나씩 지우고

불편한 과거를
모두 다 지우자

그리고
예쁜 인생 이야기를

곱게
다시 써 내려가자

꽃이라면

당신이
꽃이라면

벌 나비가 날아들고

당신이
나무라면

새들이 날아들 것이다

주위에
모여드는 사람을 보면

내가 무엇인지를 알 수 있다

향기나는 사람이 좋더라

하나밖에 없는데
나눌줄 아는 사람.

나 혼자가 아닌
더불어 사는 삶을 아는 사람.

내가 먼저 가 아닌
남을 배려할 줄 아는 사람.

어디에서든
겸손할 줄 아는 사람.

말 한마디라도
기분 좋게 할 줄 아는 사람.

궂은일도 망설임 없이
두 팔 걷고 할 줄 아는 사람.

그런 사람은 향기가 나더라

꽃의 향기는 사람의 얼굴을 미소 짓게 하고
사람의 향기는 사람의 마음을 웃게 하더라

물 흐르는 대로

물 흐르는 대로
살아가다 보면

어느덧
강이 되어 있고

결국엔
바다가 되어 있다

인생
물 흐르듯 살아가면
모든 게 순조롭다

인생 그림

우리가
내어날 때

모두가
하얀 백지였습니다

우리는
인생을 살아가면서

여러 색을 이용해

자신의
인생 그림을
색칠하며 살아갑니다

때론 탁한 색을
때론 밝은색을 사용하기도 하지요

그런데
최선을 다했는데도
그림이 마음에 들지 않을 때가 있지요

그럴 땐
늦었다 포기하지 말고

잘 못한 건 수정하고
틀린 건 고쳐가며

남아 있는
인생 여백은
예쁜 색으로 색칠해

멋진 그림을 그리시기를 바래요.

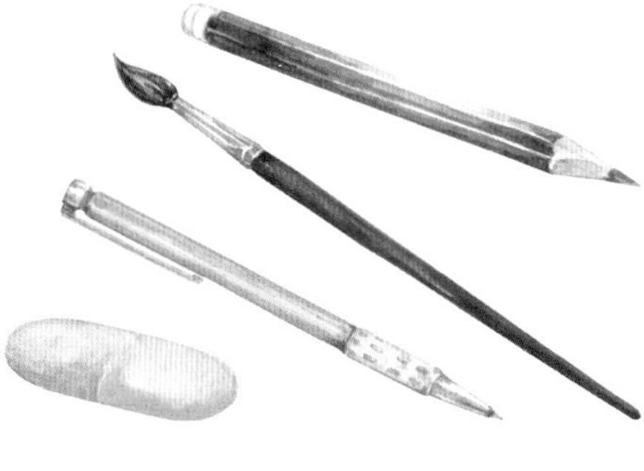

매일하는

사람마다

매일 하는
습관이 있고

반복하는
버릇이 있고

항상 하는
루틴이 있습니다

그
별것 아닌 것들이

그 사람의
삶을 조절하고

인생을 만들고 있습니다.

길

길은
늘 두 갈래입니다

어떤 길을
선택하든

좋은 길 일 수도
나쁜 길 일 수도 있습니다

좋은 길도
가다 보면 나쁜 길 나오고

나쁜 길도
걷다 보면 좋은 길 만나게 됩니다

길은
늘 좋거나
항상 평탄한 게 아니라서

어느 길은 선택해 가나
마찬가지입니다

그러니
좋아하는 길을 선택하고

가고 싶은 길을 걸어가면 됩니다.

예쁜 미소로

시들지 않은
꽃은 없습니다

죽지 않은
사람도 없습니다

한철 피었다
지는 꽃처럼

한 세상
즐겁게 살다 가면 되는 것입니다

근심과 걱정은
바람에 날려보내고

욕심과 번뇌는
구름에 실려 보내고

예쁜 미소로
고운 향기로 살아가세요

사계

봄엔
꽃처럼
활짝 웃고

여름엔
나무처럼
싱그럽고

가을엔
낙엽처럼
풍요롭고

겨울엔
눈처럼
깨끗해지자

그렇게
사계절을

예쁘게 살아가자.

인생 만들기

순한
생각을 하고

순한
마음을 품으면
삶이 순해집니다

고은
것을 듣고

고운
것을 보면
인생이 고와집니다

좋은
것을 느끼고

좋은
것을 꿈꾸면
삶이 좋아집니다

착한
것을 가까이하고

착한
행동을 하면

인생이 착해집니다

인생은
자신이 만들어냅니다

정원

자신의
정원에

예쁜 꽃을 심으면
벌 나비가 날아들어 춤을 추고

푸른 나무를 심으면
온갖 새들이 날아와 노래를 부릅니다

마음의 정원에
좋은 것들을 심으세요

그러면
저절로 좋은 일들이 찾아오게 됩니다.

연연해 할 것 없더군

오늘
있던 게

내일
없는 게 되기도 하고

오늘
없던 게

내일
있는 게 되기도 하더군

있고
없음에

너무
연연해 할 것 없더군

겨울이 가면
봄이 오는 것처럼

모든 건
가고 오는 거더군

봄꽃이 지면
여름 꽃이 피는 것처럼

모든 건
잠시 머물러 있다 가는 거더군.

인생

꽃처럼 웃고
새처럼 노래하라

바람처럼 가볍고
구름처럼 자유로워라

물처럼 유연하고
나무처럼 묵묵하라

하늘처럼 맑으며
바다처럼 넓어져라

별처럼 반짝이며
아름답게 살아가라.

예쁜 꽃처럼

가는 세월
잡을 수 없으니
즐겁게 살면 된다

먹는 나이
막을 수 없으니
곱게 늙어가면 된다

이래도 한세상
저래도 한세상
행복하게 살다 가면 된다

예쁜 꽃처럼 향기롭게

푸르른
나무같이
싱그럽게 살면 된다.

좋은 사람

좋은
사람은

비싼
향수를 뿌리지 않아도

은은한 향기가 납니다

그가
하는 말에서

그가
하는 행동에서
고운 꽃향기가 피어납니다

그런 사람을
나는 꽃이라 부르고 싶습니다

그대라는 꽃이 있어
세상은 아름답습니다.

그저 그렇게

구름에
달 가듯이
고요히 떠다니면 돼

나무에
바람 스치듯이
가볍게 지나가면 돼..

강물에
물 흐르듯이
유연하게 흘러가면 돼

세월에
계절 바뀌듯이
묵묵하게 살아가면 돼..

나무처럼
늘 겸손하고

꽃처럼
늘 행복하면 돼.

당신의 인생이야기

모든
이야기엔

시작이 있고
끝이 있습니다

당신이
태어날 때

당신의
인생 이야기가 시작되고

당신이
떠나갈 때

당신의
인생 이야기는 끝이 납니다

아침과 저녁 사이

가장 즐겁고 행복한
이야기 들로 채워가고

시작과 끝 사이

가장 멋지고 특별한
이야기 들로 써 내려가세요

당신의 끝이
해피엔딩이 되길 바래요.

배우

하루에
펼쳐진 일들은

짜여진
하나의 각본이고

우리는
인생이란 무대위에서 연기를 합니다

그날그날
누군가를 만나고

하루하루
어떤 일이 펼쳐지고

역할이 끝나면
무대 뒤로 사라지지요

모든 사람은
배우에 지나지 않아요

각자 등장할 때와
퇴장할 때가 정해져 있습니다

사는 동안
수많은 사람을 만나고 이별합니다

우리는
여러 배역을 연기하며 살아가지요

자신이 맡은 역할을
충실히 잘하며 살아가면 됩니다.

좋은 인생 만들기

하루의
시작은
희망으로

하루의
낮은
즐거움으로

하루의
마무리는
감사함으로 살아간다면

당신의
인생이 좋을 수밖에 없습니다.

그것이 인생

평생을
웃고만 사는 사람은 없어요

살다 보면
울 일도 있고
화나는 일도 있지요

짜증 날 때도 있고
우울할 때도 있지요

슬픈 일도 있고
힘들 때도 있는 거예요

그것이 인생이랍니다

비가 와야
무지개가 뜨는 것처럼

인생에 흐린 날도 있답니다

하루씩 산다는 건

하루씩 산다는 건
하루씩 죽어가는 것입니다

죽을 만큼 힘든 일이 있더라도
죽을힘을 다해 살아가세요

지나고 나면
모든 것은 예쁜 액자 속에 담긴

추억이 되고 그리움이 됩니다

오늘
나를 힘들게 한 모든 일들은

먼 훗날 엔 예쁜 그림이 될 것입니다

인생 책

인생은
자신의 책 한 권을

하루하루
써 내려가는 일이다.

어리석은 사람은
대충 살아가며

졸작을 쓰고 있지만

현명한 사람은
열심히 살아가며

명작을 써 내려가고 있다

인생
대작은
누가 대신 써줄 수가 없다

내 손으로
한자 한자
곱게 써내려 가야만 하는 것이다.

신은

인생길
외롭지 말라고
사랑하는 사람을 보내주셨고

인생길
쓸쓸하지 말라고
친구를 맺어주셨고

인생살이
춥지 말라고

가족이란
이불을 덮어주셨습니다

사람은
다른 사람으로 인해

따뜻해지는
심장을 가지고 있습니다

그들만의 이유

남의
인생은 쉬워 보인다

그래서
가볍게 말하고

함부로 충고를 한다

하지만
그 사람은

자신의 인생에
최선을 다하고 있는 것이다

그가 그렇게 살고 있는 건
그들만의 이유가 다 있는 것이다

운명의 key

삶은
의도하지 않으면

의도하지
않는 방향으로 흘러가고

인생은
주도하지 않으면

주도하지
않는 사건들로 펼쳐집니다

마음의 방향을 잘 잡고
좋은 방향으로 유도하고

운명의 키를 손에 꽉 쥐고
바른 방향으로 잘 이끄세요.

나를 이기는자

인생은
나와의 고독한 싸움이다

나약함을 이겨내고
두려움을 극복하는 싸움이다

걱정을 떨쳐내고
근심을 잠재우는 싸움이다

어려움을 참아내고
힘듦을 견뎌내는 싸움이다

시련을 이겨내고
운명을 개척하는 싸움이다

나를 이기는 자가
세상을 이기는 자가 된다.

수행

나무는
평생을

한자리에서
묵묵히 수행한다

비가 오나
눈이 오나
바람이 부나

한마디 말없이
묵언 수행 중이다

때가 되면
녹음이 짙어지고

시절이 되면
곱게 물이 들고

시간이 되면
앙상해지고

세월이 가면
자라나고 있다

묵묵한 나무처럼
우리의 인생도

견디고 이겨내는
긴 수행의 시간이 필요하다.

지금

가장
중요한 순긴은

바로 지금입니다

과거는 사라졌고
미래는 오지 않았습니다

지금
웃고

지금
즐겁고

지금
사랑하고

지금
행복하세요

순간순간을
가장 좋은 일로 채우고

가장
행복한 일로 사용하세요.

시작

인생은
지금까지

살아온 과거가 아니라

지금부터
살아야 할 미래입니다

늘
오늘이
새로운 시작입니다.

큰

큰
물고기라도

작은
물에서는

작게
자라날 수밖에 없다

당신이
큰 사람이라도

작은
마음으로는

크게 자라날 수 없는 것이다.

인생은

내 부모에게
먹칠하지 않도록
바르게 살고

내 자신에게
누가 되지 않도록
떳떳하게 살고

내 자식에게
피해 주지 않도록
반듯하게 살고

내 인생에게
미안하지 않도록
성실하게 살아가야 합니다.

성장

인생은
화날 때 웃는 법을 배우고

힘들 때 참는 법을 터득하는 것..

어려울 때
해결하는 법을 알아가고

괴로울 때
이겨내는 법을 깨우치는 것..

역경이 왔을 때
겸손해지는 법을 배우고

시련이 왔을 때
즐기는 법을 터득하는 것..

그러면서
조금씩 성장하고
보다 나은 나로 자라나는 것.

삐걱삐걱

다들
삐걱삐걱 살아간다

삶이
녹슬지 않도록

가끔은 '쉼'이라는
기름칠도 해주고

인생이
힘들지 않도록

때로는
'자유'라는

여유도 누려보고

한 번씩은
몸이 병들지 않도록

잘 돌보며 살아가자..

작품

한 땀 한 땀
정성 들여 짠 옷은
명품 옷이 되고

하나하나
공을 들여 싼 탑은
멋진 탑이되고

하루하루
열심히 산 인생은
훌륭한 작품이 됩니다

인생 공부

하루하루
인생을
공부하며 살아가면 돼요

매일
같은 날 같지만
똑같은 날은 없습니다

진정한 행복이
무엇인지를 배우고

부족한 것은 채우고
넘치는 것은 버리세요

지나간 것은 보내고
새로운 것은 받아들이세요

서로 사랑하며 감사하고
작은 행복을 찾으며

즐겁게 사는 법을
터득해가세요

하루하루가 인생 공부입니다.

좋은 인연 만들기

완벽한
사람을 찾지만

완벽한 사람이
어디 있나요

그리고
너무 완벽하면

조금
불편한 법이죠

부족하더라도
이해하고 양보하면
좋은 인연이 되어줍니다

가득 채운 물은
더 이상 채울 수 없어
넘쳐나고 말지요

관계는
완벽한 사람끼리가 아니라

부족한 사람끼리 만나
조금씩 채워주면 됩니다

관계

누군가와
가까워지려면

눈 높이를 맞추어야 하고

누군가와
친구가 되려면

생각의 깊이를 맞추어야 한다

누군가를 사랑하려면
마음의 넓이를 맞추어야 하고

누군가를 가까이 두려면
감정의 기복을 맞추어야 한다

누군가와
좋은 관계가 되려면

먼저
그 사람에게 맞추어 줄 수 있어야 한다

관계는 노력이다
처음엔 다 낯선 사람들이다

서로가 맞추어 주면
친밀한 관계가 되고

좋은
인연이 만들어지는 것이다.

관계2

너무
지나친 관심은
집착이 되기 쉽고

너무
무관심한 태도는
소홀함이 되기 쉬워

관계를
멀어지게 만듭니다

관계는 힘을 빼고
적당한 거리를 유지해야 즐겁고

집착을 내려놓아야 자유롭고

욕심을 비워내야
편안해질 수 있습니다.

관계는

생각이 엉키면
오해가 생겨나고

감정이 엉키면
다툼이 생겨나고

마음이 엉키면
불신이 생겨납니다

엉킨 걸
제때 풀어주지 않으면

결국 등을 돌리게 되지요.

아름다운 인연

우린 서로
다르니까

생각이 다르고
마음도 달라서

가끔
충돌이 일어날 수 있고

때론
갈등이 생겨날 수도 있지만

서로
다르다는 이유로
비난하거나 상처를 주지는 말자

어렵고 힘든 세상살이
혼자서는 살아갈 수 없으니 서로 돕고

누구나 처음 사는 인생이라
때론 서툴고 부족하니까

같이 손잡고
잘 살아가도록 응원하며 용기를 주자

서로에게
좋은 사람이 되고
아름다운 인연이 되어 꽃처럼 살아가자.

좋은 인상

사람은
대할 땐

처음인 듯
정중히 대하고

마지막인 듯
깍듯이 대하라

인연의
시작과 끝은 알 수가 없다

좋은 인상을
심어 주는 건 인생에서 중요하다

모든 인연들에
꽃으로 남아라.

당연함은 없다

우리는

좋은 사람을
만만하게 보기 쉽고

편한 사람을
함부로 대하기 쉽습니다

괜찮은 사람을
가볍게 생각하기 쉽고

착한 사람을
하찮게 여기기 쉽습니다

도와주는 사람을
의무로 착각하기 쉽고

잘 해 주는 사람을
당연하게 여기기 쉽습니다

그러다가
좋은 사람을 놓치고 말지요.

털어봐,

아프지 않은 사람 있나

초판	1쇄 발행 2023년 10월 28일
	2쇄 발행 2024년 3월 28일
지은이	유지나
펴낸이	김현식
디자인	현대문예
펴낸곳	(주)아침좋은
출판등록	제2023-000084
주소	(07333) 서울시 영등포구 여의대방로65길 20 호성빌딩신관 9층 369호
대표전화	02.6925.7011
이메일	achimpub@gmail.com
카카오톡채널	카카오톡에서 "아침좋은글" 검색

ISBN 979-11-984849-7-0 03810

책값은 뒤표지에 있습니다.

아침좋은글은 (주)아침좋은의 출판브랜드명입니다.